KB056495

밤하늘에 비친 낮빛이
못내 부끄럽습니다

김병국 시집

『밤하늘에 비친 낯빛이 못내 부끄럽습니다』

문을 열며                           9

## 그대 손에 피어난 꽃이 되리다

그날이 오면                          12

그대는 튤립을 닮아                     14

답가答歌                            15

용자勇者                            16

진정 사랑한다 했던가                   18

친구끼리                            19

술로 쓰는 편지                        20

내게 열쇠를 주오                      22

꿈의 서곡序曲                         24

그날이 왔습니다                       27

씨름의 이유                          28

벗                                29

그녀의 편지                          30

화살 두 발                          32

후회하는가                          33

꽃 하나가      34

귀로歸路      36

생각난다면      38

빛 좋은 개살구      39

동상이몽      40

선을 그었지요      42

툭 하니      44

기도하겠습니다      46

넌 내가 왜 좋은데?      48

죄인의 고백      50

알 수 없는 마음      52

겁쟁이의 고백      53

그대 뜻을 어찌 다 담으리오      56

## 성난 바다를 잠재울 주문을 그대는 알고 있다

사공死空      60

여유      62

4월의 쳇바퀴      64

어찌 그 자리에 그냥 갔을까     66

욕망이란 이름으로     68

괴로운 자     70

가시밭길     71

화가가 되려     72

자화상自畫像     74

뭐하리오     77

멍에     78

보물찾기     81

우리는 매일 위로가 필요하다     88

회식會食     91

별 하나, 별 둘     92

넘어졌다 울지마라     94

신의信義     95

수호침대守護寢臺     96

꿈을 마음에 품되     99

위대한 창과 방패     100

뒤안길     102

개똥밭에 굴러도 이승이 낫다는데     103

아이야     104

고향이 돌무더기랬지   105

한 지붕 두 가족   106

비행   107

내일을 기다리는 나에게   108

약조했습니다   110

기로岐路   113

용서를 구하다   114

흔들리는 그대에게   116

특별히 잘하려 하기보단   118

초대받지 않은 손님   119

오늘도 창밖은 고요합니다   120

## 세월 속에 덮인 지난날을 이제야 닦아 봅니다

자까예찬   124

촛불을 지키자   128

하고픈 속내   142

## 문을 열며

누군가 말처럼 이번 생은 처음이라 마구잡이로
쌓인 감정들이었다. 감정의 무게는 처참했지만
이겨내 보려 살아가기 위해 가슴속 한편에 나름
의 정리가 필요했다. 같은 경험, 같은 감정은 아
니겠지만 누군가의 상처에 조금이나마 위로가 되
었으면 하는 마음이다.

2024년 5월

김병국

# 그대 손에 피어난 꽃이 되리다

# 그날이 오면

지금 나는 이곳에서
그대의 눈부심을 보았고

저기 달빛 아래
그대의 감미로운 멜로디를 들었고

그리고 이곳에서
그대는
나의 걸음을 멈추게 만들었네

인간이 범접할 수 없어
안타까움에 사로잡히지만
어느새 나는
그대의 향기에 취해 있다네

마지막 실낱같은 헛된 망상일지라도
난 희망이라 믿고 그대를 만날 거라네

그렇게 그대에게 가는 내 몸은

이미 부서져 가고

그렇게 그대에게 가는 내 마음은

이미 멈출 수가 없네


이젠 불어오는 비바람에

한 줌 흙으로 변해 버릴 나지만

혹시라도 그대가

내 마음을 알아줄 그날이 온다면

나는 그대의 눈물로

한 송이 아마란스[1]를 피울 것이네

[1] 한 번 피면 영원히 시들지 않는다는 전설의 꽃

# 그대는 튤립을 닮아

붉은 듯 하얗고
옅은 듯 맴돌다
피울 듯 굳게 다문

그대

누굴 향한 자태인가
눈가에 머금은 이슬엔
행여 뉘 모습 비출까

가시 돋친 장미는 아니지만
가까이할 수 없는 그대는
쉽게 꺾지 못하는
내게 그런 꽃이라네

# 답가答歌

마음이 마음을 전하라 한들
다가가 앞에 서기까지
용기가 주저함을 어찌 앞서리오

얼굴을 마주하고
하려 한 말을 하기까지
숱한 생각을 몇 날 며칠 했으랴

입을 떼고 후일 되받을 부담은
온전히 그대의 몫이라 하고 왔거늘
그 마음 향해
감히 마음대로 답을 고민하겠소

누군들 쉽지 않았을 그 용기
고마워 제 마음이 마음을 묻기 전에
대답 따윈 고이 묻어 두고
그대가 허락하는 한
용기가 잊힐 만큼 마음을 주려 하오

# 용자勇者

이루어진 그림은 박수받아 마땅하지만
무모하다는 말이 무색할 만큼
죽음이 단죄라 여길 만큼
과정이 끔찍하기에
겁에 질려 상상조차 못 한
차마 입 밖에 내지 못한

그 걸음을 그댄 세상 밖으로 뗐습니다

모두가 무모함이라 치부했던 일을
그대는 태어나 지금껏 쌓아 온 모든 걸 걸고
용기를 빌려 두 손에 쥔 채
쏟아 내는 우려를 뒤로하고
무모함과 있는 힘껏 부딪쳤습니다

무모함과 용기의 싸움
충격은 태초의 탄생과도 같았습니다

그대가 발을 뗀 걸음걸음이

이젠 용기 있는 자만이 지닌다는 증표가 되었습니다

그녀의 대답은 찰나의 빛에 가려진 채


걸음을 뗀 자만이 그 답을 알 수 있다 합니다


그땐 바람 한 점에 사라지고 마는 나였지만

이젠 그대가 남긴 증표를 제 가슴속에 새겨 보려 합니다

그리고 그 걸음을 제가 감히 떼 보려 합니다


신이시여!

오늘만은 제 곁을 떠나 주소서, 이 길은 혼자 하겠습니다

## 진정 사랑한다 했던가


온종일 누군가로 끙끙 앓다
비로소 고백하는 그대


그런 지금
생사生死를 알 수 없는 전장戰場에 선
비장한 군사軍士의 마음으로
최선을 다한 것이니


거기에 따른 결과는
전장을 향한 처음 품었던 뜻 그대로
겸허히 받아들이라


진정 사랑한다면
사랑하는 이의 마음까지 사랑하라

# 친구끼리

「친구끼리」

너에겐 스스럼없는 말이
나에겐 커다란 벽

허물어 보려
새는 불빛 가리고
남몰래 티스푼 저어 가며 밑을 파 보았던
씩씩 아려 오는 귀를 참으며 헤매길 십여 년

이젠 밤이 아닌 태양 아래
떳떳이 벽을 무너뜨리련다

멋쩍음에 밀려온들
두 눈으로 뜻을 전하고
그 답 듣지 않고 돌아설까

욕심은 끝이 없어
그대 입을 들추어 보련다
결말이 참혹한들

# 술로 쓰는 편지

치열한 전투 끝에
이루어진 사랑이라
누구보다
박수를 보내야 하건만

이루어진 거라곤
혼자 하는 이별이라
떨어지는 눈물을
이 잔에 쓸어 담네

꿈을 이뤘기에
사랑의 성물聖物만이 보이고
환희는 암울한 주위조차
감싸 안을 테지만

그대 시작하기 전에 달려온 이는

이제 자리로 가려 하네

그간 곁에 있어 줘서 고맙단 말은

멀리서 전하고

사랑하는 그대이기에

꽃을 뿌리고 축복을 빌겠네

# 내게 열쇠를 주오

신은 그대 두 눈에 불구덩이를 넣고 말았어
잔혹한 아름다움에 감춰질 증오를 한 방울 떨쳤지
누군가의 미쳐 버린 가엾음이 보고픈 게야
홀로 쫓는 광기가 매혹적이던가

기다림 끝에 건너는 다리 위로 쏟아지는 빛은
내일을 기다리는 밤하늘의 뜻깊은 찬가였지
생生과 사死를 오가며 가까스로 붙잡던
장작더미의 손끝은 얼음처럼 냉정했지만

마주하던 불빛은 숲속의 구경꾼들마저 애태웠고
누군가를 향한 마음을 진실히 담아 보았지만
기대하던 답이었다면 「삶이란 무엇인가」라는
인류의 근원적 물음이 세상에 나왔겠나

인간의 바람은 바랄수록 꽤나 엇나가지
줄 하나에 바둥대는 거미마냥 애를 써 보아도
커질 대로 커진 간절함이 바늘 끝에서 터질 땐
한낱 잔불에 떨어진 벌레의 기척에 불과하지

무대 위를 어물쩍 나온 희망은 고스란히 꺼져 버렸고

그렇게 찬가는 지그시 눈을 감으며 연주를 마쳤지

그리고는 허락도 없이 가슴에 절망을 달고 말았어

아니, 이 두 손으로 불구덩이를 달고 말았지, 내가

# 꿈의 서곡序曲

하늘 위 물레는 생명을 자아올려
씨앗을 대지에 뿌리니

시간은 태초의 신음을 연주하고
인연의 *끄나풀*을 엮어 가네

해산解産의 시작을 알리는 단비는
연緣을 품은 꽃씨를 톡톡 두드려

터져 나오는 싹은
제비가 끄는 마차 타고 쉼 없이 흘러가
변방의 외딴 불모지 희망을 퍼트리려

한 줄기 피어난 꽃은
가슴에 염원을 안고 다리를 절망에 빠트렸네

창백한 혹한의 입김은 가득하고
꽃잎엔 새파란 기운이 피어올라

그대 향한 길엔

첩첩이 가시덤불이 구름 높이 치솟아

희망의 바람만이 곁을 지키길


운명의 결전決戰 아래

칠흑 같은 먹구름은 드리우고

이내 안개의 음산한 숨소리가 환영사를 연다


하나둘 집어삼키는 어둠 속 광채는

뼛속까지 바스러트릴 야욕을 드러내

세우는 털끝엔 또 다른 욕망이

날리는 눈꽃조차 부서지고


나의 간절함이 그대와 통하니

태곳적 깊숙이 잠들었던 대지의 빛은 깨어나

짐승은 재가 되어 잠들길

그토록 바라던 길은 열렸건만

그대는 보이지 않네

가는 걸음걸음
휘몰아치는 눈보라가 안내하길
시린 발끝이 무디어질수록
그대에게 가는 감정은 커져 가고

마침내 잔잔히 퍼져 오는 향기
그대 모습 홀로 가득하니
저만치 눈에 들어오는
그대 향한 두 손 맞닿기를

운명의 성城은 주인을 맞이하고
시계는 째깍째깍 다시 맞춰지길
열 지은 병정들이 팡파르를 힘차게 울린다
하얀 도화지 위 제1막이 화려히 열리고
댕기흰찌르레기 축복을 연주하네
얼마나 기다려 왔던가, 이 꿈의 서곡을
이제 시작한다네!

# 그날이 왔습니다

「그 누군가 언젠가 벼랑 끝에 매달려 있다면
난 기꺼이 그를 향해 손을 뻗겠습니다
다만 그는 아직 나타나지 않았을 뿐입니다」라고
그 옛날 가슴속 깊이 새겼습니다

이제 이 말은 더 이상 내일의 일이 아닙니다
오늘 그 누군가가 제 앞에 나타났습니다
그대, 사랑합니다

## 씨름의 이유

치약을 뒤에서 짰나, 앞에서 짰나
신발을 가지런히 두었나, 벗은 대로 두었나
옷가지를 옷걸이에 걸었나, 의자에 걸었나

씨름하지 않고 혼자이면 편할 것을
그럼에도 같이 살아 볼까 하는 것은
어디선가 기다리고 있을 연緣에 대한 고마움

# 벗

구만리 달콤한 말이 산골짝을 적시려니
혈혈단신 폭포수가 막아서고

화려히 수놓은 비단이 일월日月을 덮으려니
사시사철 녹죽綠竹이 에워싸고

낯빛이 무르익은 산열매가 시름을 혹하려니
첩첩산중 구절초가 내치고

문풍지 비집는 양귀비가 넋을 뺏으려니
촌철살인 살바람이 잘라내니

터럭이 세고 백골이 진토塵土되어 흩날린들
이 충정衷情 어이 다 헤아리오

# 그녀의 편지

그대는 칠흑 같은 어둠 속
한 줄기 따스한 빛을 맛본 적 있는가
망망대해 폭풍우 속
한 자락 구원의 빛을 느껴 본 적 있는가

모세의 기적이 눈앞에서 펼쳐졌다네
그날 그 이래 누구도 할 수 없었던

미로 속에 홀로 갇힌 그대의 운명을 향해
실낱같은 빛이 찾아온 적 있는가
벼랑 끝 가지에 매달린 채
마지막 구원의 손을 잡아본 적 있는가

그대가 내뱉은 말은 그녀가 보기 전에
내가 주워 삼켰다네

질투 어린 근심의 알량한 자존심 따윈
바람 앞에 흩날리는 사막의 한 줌 모래와 같다네

그녀의 숨결과 함께한 순간만큼은
누구보다 행복했기에 철없는 후회 따윈 없다네

그때가 아니면 놓칠 것 같아서
꺼내야만 했던 말을 감춰야 할 정도로 좋아한 거라고
펜을 잡은 이 손이 그녀 대신 내게 전해 주고 있네

# 화살 두 발

「할 말이 있어, 우리……」


예상치 못한 화살이다
정통으로 맞는다
아픔보단 말문이 막히고 숨 쉬는 법을 잊는다
가슴을 움켜쥔 손이 펴지지 않는다


한 발은
한 귀로 날아와 한 귀를 뚫고 나간다
허공 속에 삐-
아무것도 들리지 않고 눈앞이 깜깜하다


무엇을 말한들
꺼내려 한 말은 변하지 않겠지
헤아리기엔 늦었나
내 더는, 듣도 보도 안 하련다

# 후회하는가

온전히 마음을 전한 그대
낡은 저울 위 바라는 답이 있다
칼날의 입인가, 꽃잎의 입인가
남김 없는 거절을 맞이한 그대
후회하는가

전장戰場에서 숨을 거둔 군사軍士는
언제고 다가올 운명을 담담히 받아들이리라
한 치 앞을 모르고 달려온 이라
이 순간 후회스럽냐 묻는다면
섣부른 의문이자 모욕적 처사 아닌가

# 꽃 하나가

햇빛이 내리고
바람은 코끝을 깨우니
한 아름 벚꽃이 피었구나

겨울이 갔을까
괴롭히던 이 가고 나니
반가운 이 찾아왔네

햇살이 눈부셔
기다린 그대 마주하니
안타까운 마음 가릴 길 없고

다가간 손길에
떨리는 향기 답을 하니
설레는 마음 감출 수 없네

이제 갓 피었으리라
맞닿은 연 놓지 않으리라
바라던 봄날의 꿈이었나

선부른 바람 한 점에

꽃 하나 힘없이 쓸려 가네

그대가 간 것처럼

# 귀로歸路

연꽃에 핀 웃음은
달빛에 고이 담아 간직하겠나이다

아직은 가시지 않는 울음에
목이 메어 와
하늘도 머금지 못한 설움은
눈물이 되어 내립니다

언젠가 보내야 함을 알지만
서로 마주할 순간조차 짧기에
그 흔한 약조 하나 지키지 못했습니다

안개로 뒤덮인 깜깜한 새벽녘에
초례醮禮1)를 치렀던 그곳에서
어렴풋이 보이는 그림자 하나가 있었습니다
임 그리는 나를 위해 온 것 같아
잠시나마 행복했습니다

1) 전통적으로 치르는 혼례식

연緣을 다하지 못한 안타까움에
사람들은 저마다 안쓰럽게 쳐다보지만
나는 그대에게 주지 못한 연정戀情을
그대가 피운 이 꽃 한 송이에 주겠나이다

소중한 그대여
나와의 인연을 고깝게 생각 말고
다시 만나는 그날
나를 향해 웃어 주구려

# 생각난다면

생각난다 애써 잊으려 말자
그리우니 기억나고
애틋하니 떠오르는 것뿐이니
남들과는 다른 연을 쌓은 탓이라

모자란 마음은 접어 두고
부는 바람에
웃으며 안부 정도 담아 보내련다

어디선가 잘 지내고 있겠지
부디!

# 빛 좋은 개살구

거절을 배려한다
이런저런 빛은 말로
치장하는 뻔뻔함

속 답은 하나
뭔가 맘에 들지 않는다
마음을 움직일 만큼

상대가 맘에 들면
총알같이
튀어 나가는 게 인간

# 동상이몽

보이면 웃음만이
함께 걸으며 설레고
헤어지며 아쉬워하는

그대만이 보는 그녀

사실이 아닌 갈망이 쌓여 가
눈에 씌운 망상妄想이 마음을 빚고
머리에 들어앉은 망령妄靈이
멋대로 놀려내 만든 명작

가져다주는 초조함이
감각을 망가뜨리고 착각으로 밀어 넣길
완성할 그림의 절정絶頂을 그리려
몹쓸 두 발이 움직인다

암흑은 그대를 초대하고 만찬을 준비한다
그녀의 빛이 스스로를 깨트리고
낮에 접었던 붓을 다시 든다

입은 침묵을
툭툭 떨어지는 눈물은 어둠을 뚫고 반짝이길
빛에 조각난 그림들이 제각기 자릴 찾아가고
흐느끼는 소리가 점정點睛을 이룬다

밤이면 아른거려 설친 마음이 부끄럽기를
다가가려던 섣부른 걸음이 무색하기를
무지無知의 확신이 사라지기를

그럼에도 그 발을 떼려 한다면
돌아올 상념想念은 오롯이 그대의 몫

타드는 시름으로 그녀의 눈가는 달아오르고
오늘도 석양은 모든 이를 붉게 물들인다

## 선을 그었지요

그댈 보고 있으면
그리하는 게 맞을 거라
오늘도 선을 그었지요

어떤 색을 고를까
눈에 띄어 저 멀리 놓으려

칠하고 칠하다
밤새 불을 밝혀
그을 만큼 그었건만

그대는 쓱 하니 넘어와
다정히 얘기를 건네네요

색이 어두웠나요
칠감이 연했나요
아님 간밤에 비라도 내렸나요

내 잘못이고 내 잘못이랴

온종일 탓하다

이제는 그대에게 내드리려

다시 붓을 들었지요


두 손에 힘을 주고

꾹 눌러 그어 보세요


무심히 지나던 그대가

흔들리는 손은 이제 와 다 무엇인가요

# 툭 하니

아무것도 없는 줄 알았는데
이리 아픈 걸 보니
내게도 잃을 게 하나 있었나 봅니다

영원히 묻힌 줄 알았던 그곳을
그대는 툭 하니
들추고 말았습니다

밤새 오는 비에 쓸리어
사월四月에 내리는 꽃잎과
산산이 흩어졌지만

남겨진 흔적만큼은
곤히 부는 바람에 안겨
누군가의 침묵이 되었습니다

들춰낸 자리에
이는 소리조차 없는 것은
영혼 없는 내가 누워 있는 거지만

시간이 흘러 지난날 무언가

고스란히 이곳에 다시 쌓일 즘

비로소 본래의 내가 숨을 쉴 것입니다

# 기도하겠습니다

더는 입을 떼지 못하는 그대 곁에서
앞만 바라본 채 고개를 끄덕였지만
거절이란 뜻을 전하지 않아도
서로는 침묵 속에 알았습니다

지금의 마음이야 8월의 태양 아래
쌓이고 쌓이려는 눈발의 심정이지만
녹아 사라지고 마는 이의 모습을
그대 앞에선 보이지 않으렵니다

두 손에 담긴 꽃다발이 안길 곳을 알지만
여기서 돌아서는 지금의 저로 남는다면
훗날의 저는 그 자리서 굳어
불어오는 그대의 기척에 가루가 될 것입니다

줄곧 변치 않던 결심이 후회 없기를
가까워진 누군가의 그림자 뒤에서
조금씩 사라져 가는 그대 뒷모습을
온전히 받아들이겠습니다

기도하겠습니다

그대 가는 길에 축복이 내리길

언제나

내 마음속 그대에게

# 넌 내가 왜 좋은데?

「넌 내가 왜 좋은데?」
#무미건조한


웃음기 뺀 의문에 찬 음성
면전面前을 직격으로 날린다
예상에 없던 포격이다


굉음은 일순간 침묵이 뒤덮고
고스란히 전해 오는 충격은
온몸으로 받아 내는 최선의 방어


그대는


군더더기 자로 잰 듯 잘라 내는
친절한 목공


본능적 감성을 이성으로 해부하는
철학적 집도의

거절의 뜻을 의문으로 만드는
언어의 연금술사

감정에 솔직한 그대
누군가는 용기 있는 답이라
칼을 뽑지 않았나

마음이 닿아 얻은 답이라
미련에 대한 싹은 자르고
남겨 놓은 하나의 다리는
쓸데없이 고맙고 위안이 되네

# 죄인의 고백

으레 짐작이 맞을 거라
그리 지내 온 거라


홀로 믿어 왔지만
애써 미뤄 보건만


시간은 가고 마지막 밤이라
사랑인 마음도 욕심인지라


확인하는 마음을 매 꼬집다
모질어진 입을 열어 봅니다


결국은 들춰진 답을 알았지만
담담히 고개를 끄덕였지만


열쇠가 없는 잠긴 문을 열려다
실패한 주인인 양 죄인은 있다


그대의 감춰둔 마음이라
나만의 바람과 같을 거라

스스로 다잡고 다잡다

떠나는 그대를 눈물이 먼저 가립니다

# 알 수 없는 마음

지금이 마지막인 간절함이
솔직한 입을 열었겠지만
전하는 마음도 때가 있는지라
감정에 정직한 그대는
서로가 두고 간직할 얘기를
공평히 꺼내게 하였습니다

선택의 순간이 다시 온대도
나만의 결정은 같을 거라
누군가 바람을 깨는 것 같아
힘겨운 마음을 애써 붙들고
시위를 떠난 화살이라
더 이상 미련을 갖지 않으려 하지만

시간을 돌리고 싶은 이는
저물녘 지는 잎에도 괴로웠습니다
담담히 끄덕이는 그대이기에
서운한 감정은 그저 야속하지만
담벼락 아래서 훌쩍이는 이는
곁에서 활짝인 해당화가 밉기만 합니다

# 겁쟁이의 고백

처음 보는 모습이 끌렸다
그대 내게 이제 와 말하지만
제 마음 말하는 것 같아 부끄러웠습니다

출발선에서 저만의 바람을 담아
잘 되고 싶다 끌림을 좇아
좀 더 친해질 거라 하였지만
다가갈수록 벽은 높아만 가고
커져 가는 마음은 쌓여만 갔습니다

자리에 놓인 선물이
제 눈을 잡은 하나가
그대의 것이라 여겼지만
당연히 그럴 거라 생각했지만

마음 가는 대로 손을 두기엔
오고 가는 설렘과 두근대는 기다림 사이
조금씩 좁혀 가야 할 길에서
몇 번은 지나야 할 문을 홀로 가로지른 것 같아
머릿속에 끄적인 풀이처럼 스스로 겁이 났고
떠밀린 감정은 다른 선택을 하였습니다

기로에 선 날갯짓이 후일後日을 갈랐고
다른 이 옆에 선 그대를 볼 때마다
마음은 무거워져 그날의 선택을 후회하였습니다

솔직하지 않은 감정에 생긴 상처라
지난 뒤에 깨닫고 아픈 뒤에 알았습니다

스스로에게 솔직해지자
후론 한 번도 솔직하지 않은 적 없습니다

봄은 가고 꽃은 피다 졌지만
난 자리에 떨어진 잎을 붙인들
한 번 간 이는 돌아오지 않습니다

감정에 솔직하여

지나온 선택에 후회 없이

새바람을 맞아

지금 시작할 봄날에

자신에게 최선을 다하는

이제는 용기 있는 겁쟁이가 되려 합니다

# 그대 뜻을 어찌 다 담으리오

찰랑이는 긴 머리가 밤하늘을 수놓고
조막만 한 낯에 반듯한 코는 어우러져 비치니
훤칠히 뻗은 까만 옷은 눈부신 그대를 감추기 위함인가

선망羨望의 눈을 뒤로하고
아무 말 없이 다가와 내 팔을 감싸 안은 당신
굳게 다문 입으로 말합니다

「이 사람은 제 사람입니다」

한낱 촌부村夫랄 것도 없는
그저 무탈한 하루에 감사하고
희망이란 잡으려다 놓친, 손끝에 바람뿐이라
그들이 당연하다 여긴 제때 이루어진 것들이
내겐 너무나 먼 어딘가에 있을 법한 이야기로만 전해지
는 것들이라
암담한 하루살이에 더한 생각도 했소마는
세상에 나는 것이 내 맘이 아니거든
세상을 지는 것을 내 맘대로 하리오
이것도 업이라 필연 뜻이 있으리라

온전한 해가 하늘 위 떠 있고

살랑이는 봄바람은 불어와

두둥실 꽃잎에 떠다니는 지금

그대 뜻을 어찌 다 담으리오


숨을 다하기까지

조금씩 흙을 모아 산을 이루려 한 마음을

오늘도 내일도 이제는 그댈 위해 쌓으리다

그대 내게 온 마음은 곁에 두어

뜻을 다하는 날까지 잊힐 만큼

정성껏 예禮를 다해 마음을 다하겠습니다

성난 바다를 잠재울 주문을
그대는 알고 있다

# 사공死空

잘 있었나, 사공沙工

그대가 웃네그려, 기다린 듯
어쩜 잠시 그대와 있고자
한평생 쉬지 않고 달려왔나 보네

편히 쉬고자 함을
내 육신肉身이 먼저 말해 주거늘
이제야 오늘이
그대와의 기일期日임을 알았네

말 없는 인사는 헤어질 때와 같거늘
모자란 나는 섭섭한 마음에
애꿎은 검은 옷자락만 탓하네그려

이젠 기다리지 않노라는 눈빛은
내 모르는 바 아니지만
그 헤어짐이 아쉽기에
또다시 다음 생生의 걸음을 재촉한다네

잘 있게나, 사공沙工

## 여유

따스한 햇살 아래
푹신한 의자에 기대어
갓 내린 커피를 마시며
잔잔히 흘러나오는 곡을 따라
「자탄自歎」이 생각나는 지금

이보다 좋은 여유는 없으리오
이 정도면 충분하오

「자탄自歎」

　　　　이황


已去光陰吾所惜

當前功力子何傷

但從一簣爲山日

莫自因循莫太忙


나에겐 이미 지나간 세월이라 애석할 뿐이지만

그대는 이제부터 하면 되니 달리 문제가 되리오

다만 조금씩 흙을 모아 산을 이루는 날까지

너무 머무르지도 너무 서두르지도 마오

# 4월의 쳇바퀴

쉴 새 없이 돌아가는 기계 소리
숨이 턱 막히는 뜨거운 공기
온전히 허리조차 펼 수 없는 곳
소리쳐도 들리지 않는 곳

오늘도 그만하리
내일도 그만하리

누굴 위한 삶인가
나를 위한 삶도 아니라네
그저 신음 속에 말없이 몸부림친다

이른 새벽 고요함을 가르는 알람 소리
고통의 문으로 일으켜 세우네
차라리 태양을 삼켰으면 나았을까

이를 꽉 깨문 채 몸을 일으켜
채비를 서두른다

오늘은 다른 하루가 될까

4월에 부는 흩날리는 꽃잎들 사이로

작은 바람 실어 보낸다

# 어찌 그 자리에 그냥 갔을까

힘겹게 몇 걸음 갔다 싶으면
환희도 잠시
의지와 달리 몇 걸음 물러나고
그러다 실망코 보면 제자리

반복되는
나아감과 물러남

나아가려는 나와
밀려나는 나의 끝없는 싸움

그 적당한 타협선 어딘가 머무를 즘
비로소 한 걸음 나아간
내가 보인다

어려운 걸음을 하나 뗐다
한 걸음 가기 위해
전진前進과 후퇴, 투쟁 가운데 피를 흘리고 있다

흘린 만큼

걸음은 더 거룩하고

웃음은 욕되지 않을 것이다


낡아 해어진 옷엔

겹겹이 얼룩져 빛바랜 혈흔이

그간의 치열한 세월을 말해 준다


누가 저 바위를 정상에 올려놓았나

## 욕망이란 이름으로

그대에게 빠져 바로 보지 못했네
그대가 오기 전
나와는 무관한 일이라 생각했거늘
나만의 자만이었나, 착각이었나

기척도 없이 온 그대는
보여도 보이지 않는 것처럼
나의 혼을 빼놓은 채
몸뚱이만 남겨 놓았네

작은 것에 웃는 나였거늘
그대가 준 욕망은
마지막 감춰둔 깊은 곳까지
물들여 놓았네

그대가 휘저은 붓놀림에
힘없이 쓰러져 가는 영혼들
눈먼 자들의 무덤이 돼가네

희대의 걸작이자 덫이니

그대의 작품이었나


깨닫지 못한 자여, 눈을 감고 지나가리

아는 자여, 눈을 감고 지나가리

# 괴로운 자

기대가 크면 실망이 큰 법
목적이 있다 한들 이치에 어긋나면
쌓아 온 탑을 무너뜨릴 웃음거리

피하기보다 드러나는 뻔뻔함이
걸어온 얼굴에 하나의 영광이 아닌
흉터를 용감히 남긴다

스스로를 금으로 덧칠한 영광에
위안을 삼을 것인가
훗날 정성스레 찾아올 부끄러움으로
이 앞에서 죄를 씻길 구원을 바라는가

걸어온 길이 지워질까
가야 할 길이 없어질까
누군가 뻗는 손에 자연스레 손을 내민 자
오늘도 당당히 거울 앞에 선다

거울 앞에 서 있는 그가 괴롭다

# 가시밭길

두 팔 벌려, 「이리 와-」
손뼉 치며 기다리는 여인
얼굴엔 세상의 평화가 담겨 있다
꼬까신 신고 넘어질 듯 넘어질 듯
아장아장 걸어가 품에 안기길

눈을 감고 눈물을 흘릴지언정
저 귀여움을 눈에 넣지 않으련다
언제쯤 잎 너머 비치는 해를
제대로 볼 수 있을까
괴로움을 씻으려
왔던 길을 다시 볼까 뒤돌아
부는 바람을 대하길
이마저 왜바람에 시린 눈물이
두 뺨만 차디차게 달아오른다

태양 아래 빛을 잃은 녹슨 십자가
새벽녘 첨탑을 오르려는 이가 있으니
내일은 그대에게 가는 심장을 걸어
모든 이가 세상을 다시금 보게 하련다

# 화가가 되려

눈을 뜨며
오늘 하루 불어닥칠
감정을 헤아리다

마음을 바로 하며
하루를 감내하다

눈을 감으며
나 자신을 다독인다

항해 중 유일무이
변고와 풍파가 일어도
흔들림 없는 유유한 배 한 척

와중에 어울릴 그림인가!
그러는 그대는 멋진 화가

그러는 난

바람 앞에 촛불을 지키지 못한 자

오늘도

다시금 불을 밝혀

다가올 내일을 준비한다

## 자화상自畫像

숨이 잠시 허락된 시간
대문 밖 떼는 걸음이 가볍다

기다랗게 줄지어 서
제 역할을 하는 가로등과
그 사이 늘어선
이름 모를 가지들만이
사시나무 떨듯 떨며
나의 길을 안내한다

홀가분하다는 건
마음속 얽매임이 없다는 것
얽히고설켜 꼬일 대로 꼬인
이 복잡한 매듭을 풀어 버리자
하나씩 풀까
단칼에 벨까
속박과 구속으로부터 자유로워지는 일
진정 자유를 얻자
가자! 자아가 실현되는 곳으로

순간 세찬 바람이
고인 눈물을 움켜쥐고는
허공에 뿌린다 보이지 않게

바람 한 점 없는 이곳
달빛에 비친 누군가가 보인다

고요한 호수 위
이토록 흔들리는 저 사람은
뉘기에 이다지 욕돼 보일까

한 치 흔들림 없던 그를 보기 위해
눈을 감은 채
허리를 꼿꼿이 세우고
숨을 멈춘다

영원히……

허나 누군가 허락지 않는다

숨이 요동친다

물결 위 누군가는 더욱 요동친다

# 뭐하리오

꾸물대면 뭐하리오
투덜대면 뭐하리오
뾰로통하면 뭐하리오

이러한들 저러한들
달라지는 건 없으니
가만히 있게나

정해진 일이라
해야 할 일이라면
묵묵히 하는 게 답일세

# 멍에

주광등 아래 몇 번은 말렸을
노모老母의 주름진 두 손이
공사장 먼지바람 나는 매일의 흔적을 지우려

찬바람에 흰 수건을 적시어
신발을 쓱- 쓱-
작업복을 싹- 싹-
살며시 불을 밝혀
소리 죽이어 닦고 닦는다

방금 전 먹은 미역국에 쌀밥이 얹힌다

닦느라 새벽녘 등은 굽어 굽어
보는 이 죄스러운 마음처럼 굽이었다
까맣게 훔쳐진 수건의 본디처럼
머리는 새하얘졌고

손에 들린 자식의 수족은
지나온 말 못 할 세월과 고마움이 서려 있다

어여 잘 다녀오라는 손 인사
차마 뒤를 보기 어렵다

세상 가장 멋진 채비를 하고
새벽달을 맞으러 문밖을 나선다

한나절 쌓인 흙먼지가
떨어지고 떨어졌는데
가볍고 가벼워야지
어찌 걷는 내 돌덩이가 짓누르냐

쇳소리와 분진이 뒤섞인 둘레를 오르려
머뭇거리지도 서두르지도 말며
해가 떠 있는 만큼 용서를 구하고
한 계단씩 등에 진 돌을 놓아 쌓아 올리련다

괘씸한 마음에 그 끝을 툭 하니 밀어 버리면
흔적은 부스러뜨려 바람에 날리고
다시금 주추를 놓으련다

한가득 내려앉는 석양빛이
송송 뚫린 발판 아래 사람들을 내몰고
달아오른 얼굴을 쓰다듬더니
한나절 머금은 멍울을 톡 터트린다

구정물은 버리고 정수淨水를 받아야지

걸칠 거라곤 마음의 짐만 삼십여 년
누구보다 가벼운 이

그대 멍에는 솜털처럼 옆에 있겠습니다
내일도 그리하겠습니다

곁에 계세요
눈물은 뒤돌아 흘리겠습니다
한숨은 바람에 싣고
웃는 낯으로 대하길
걱정은 땅에 묻겠습니다
제가 다하는 날까지

# 보물찾기

I

수감 번호 여덟 자리
창살 아래 환호와 격려를 받으며
멋도 모르고 주어진 번호를 가슴에 달았다
알려진 보물을 제시간에 찾으려

찾는 자는 보상과 갈채가
그렇지 못한 자는
흩어져 있는 부스러기를 줍거나
철창 밑 떨어진 운 좋은 것들을 가져도 좋단다
밀려 떨어져 자취를 감추든
난 곳에 좋을 대로 있든
어딘가에서 숨을 다하든
손가락질을 당하든 이 또한 자유라 한다

제한 시간 선착순
무엇이든 좋다 움직여야 한다
찾는 자에겐 안락한 잠자리와 풍요로움
그리고 철창 밖 광명이 주어진다

그 빛을 찾아 주어진 숙명을 풀려
해당 죄수는 얽히고설킨 타래 앞에 서 있다
몸뚱이는 움직여 눅눅한 자리라도 찾으려 한다
벗어나려면 잘하든 못하든 어디로든 가야 한다

난 이 길을 간다 하지 않았다
눈 떠 보니 난 곳이었고
무언의 강요가 발을 움직였을 뿐이다


II
누구는
벨벳이 펼쳐진 침실을 가득 메울
흠뻑 취할 향이 흘러넘치는 궁전에서
아침의 지저귐이 시끄러운
일 층으로 내려오는 계단이 귀찮은
계절을 알리는 꽃들을 맞이하는 게 지겨운
그런 한적하지만 가득한 곳에서

누구는

달콤한 잠을 몰고 올 자리에

한 번쯤 달려봄 직한 매끈한 준마駿馬와

뒷마당엔 한없이 펼쳐진 초목이

창고엔 양식이 흘러넘쳐

고민 고민하다 술에 취해 잠이 드는


누구는

적당한 햇빛

마른 목을 잠재울 물

때가 되면 허기를 달랠 양식이

해가 떠 있는 만큼 길을 걸어갈 수 있는

숨 쉴 바람이 불어오는

하루에 한 번은 마음을 가다듬을 수 있는 곳에서

누구는
파고 파도 끝이 없는 모랫바닥 한 가운데
뭘 하고 있나
손에 든 거라곤 삽 한 자루
그러다 보면 남는 거라곤
손바닥엔 굳은살이, 타는 목만이
유유자적 사막의 휘파람 소리만이 주위를 감싸고
샘이 솟는다기에 다시금 삽을 움켜쥔다

어떤 이는
잿빛 날 허공만이 주어졌다
필시 무언가를 잃어버린 건 아니다

썩은 내가 풍기는 통로
두 평 남짓 공간
하루의 시작과 마감을 알리는
시궁창의 끝은 어디일까

오늘도 그들만의 걸음으로

가려진 천장 아래 울리는 길을 따라 끝을 향해 간다

보이는 곳은 없다 짐작만 할 뿐

헤아린들 콘크리트 벽은 차가움만 알린다


Ⅲ

사이렌이 울려 퍼진다

시간이 얼마 없다

욕심 없이 가는 이도 떨어진 쇠붙이를 들어

우연찮게 빛이 나올 거라 무엇인들 파 본다

차라리 머리 위 철창을 드러내 올라가 보자

지나가는 걸음을 밀치려 용쓴들

짓밟는 발들을 밀어낼 수 없다

때가 되면 간수看守가 내려 주는 밥을 먹고
가던 자리에서 내일을 기다리며 눕는다
주어진 길을 가야 하나
끝없는 혼돈 속에 나를 찾기 위해 제자릴 맴돈다
괴로워하다 잠들다 다시 깨어
벽을 또다시 파헤친다
돌아오는 건 피로 물든 상처와 허우적대던 흔적들
숙어지는 고개가 미안하다
가끔은 흥얼대는 누군가의 멜로디에 위안을 삼기도
새벽녘 배는 허기지다기에 무언가를 숟가락에 놓아 허겁
지겁 삼킨다


IV
가물에 콩 나듯
간수가 소식을 알린다
「옆 동네 아무개가 탈출했습니다
여러분 꿈을 가지세요, 힘내야죠
여러분은 우리의 희망입니다」

사실인들 아닌들

지하에 모든 이들이 눈에 빛을 달았다

다시금 희망을 찾아

옆에 놓았던 닳아진 숟가락을 다시 든다

무엇인들 사력을 다해 파 본다


한 줄기 빛이여 내려오렴

누군들 부러워하지 않을!

거처가 다르다 했나

오늘은 구렁에서 벗어나련만

광명이여!

숨 쉬는 날까지 조금만, 조금만 기다려다오



V

들춰지지 않을 비밀이 한 가지 있다

누구도 자기 앞에 놓인 길을 간다 하지 않았지만

수감된 이 자리에 왜 있는지 아무도 모른다

심지어 간수조차

# 우리는 매일 위로가 필요하다

동료들이여, 때가 왔다
들뜬 표정은 감출 수가 없다
소개팅할 것마냥 설렌다

여섯 시가 지나
메일이 왔다는 알림 소리, 스피커가 입을 가린다
울리는 전화는 무음이 막아서고
방금 뜬 문자메시지는 엄지가 차마 돌아선다
아, 그래도 카톡의 1은 힘들구나
최후의 보루인 눈이 나서서 질끈 감는다

행여 뉘라도 부딪힐까
근래 임 소식 끊긴 양
애타듯 얼굴엔 초조함이 가득
올라오든 내려오든
기다리는 엘레베이터는 거부한다
내려가는 다리는 눈보다 빠르게
서두르자

째깍째깍 째깍째깍

저 멀리 누군가 부른 듯

아닐 거야, 아니겠지, 아니지?

어서어서 문밖을 나서자

못 들었어, 못 들은 거야, 아니 안 들렸지!

온화한 미소가 퍼지며

하루 중 자신에게 가장 명확한 논리를 펼친다


힘차게 달려오는 버스에 오르길

오늘도 명쾌한 소리가 들린다

「띠디딕-, 감사합니다」

그래, 나도 고맙다

이 시간이면 액정에 짠- 하고 나오는

네 자리 빨간 숫자를 보기 위해 달려온 거다


스트레스와 시달림, 눈치, 체증滯症이 뒤섞이고

마지막 신의 정수淨水인 눈물을 떨쳐

희귀한 보석과 맞먹을

인류 사전에도 없는 그 무언가로 탄생시키는 나

이러는 나 자신은 위대하다

심신의 안정을 얻고, 위안을 삼을 만한 자리를 찾아볼까

저마다 달려온 이들이 앞서 차지하고는

창에 기대 그들만의 사정으로 치유받고 있길

지친 두 다리만이 버팀목이 되어 준다

# 회식會食

오늘도 앞다퉈 밟아 오길
빛나는 내일이 기다리기를

알코올은 여릿한 혈관을 타고
몽롱함이 안겨 주는 편안함

잔과 잔이 서로 부딪치니
내일이 두려운 이가 있으랴

지난날 괴로움은 잊으라
다가올 즐거움을 함께 바라

오늘 같은 내일은 없다기에
뜨는 해를 맞으러 발길을 돌린다

# 별 하나, 별 둘

OO 씨, OO 씨, OO 씨
하루에도 수없이 오가며
불리는 이름

오늘도 이 말을 듣기 위해
이른 아침 찬 공기를 가르며 달린다

울리는 전화기 앞
공손한 두 손, 모아진 무릎
절로 숙어지는 허리

창틈 사이 비집는
한 가닥 바람에 숨을 돌린다

퇴근을 알리는 건
시계가 아닌
어둠을 몰고 오는 밤

숨을 있는 힘껏 내쉬며
비로소 살아 있음을 느낀다

모두가 잠든 골목길

뚜벅뚜벅 홀로 걷다

이맘쯤 고개를 들어 본다

하늘에 수놓은 그대만은 나와 함께하기에

# 넘어졌다 울지 마라

넘어졌다 울지 마라
걸어가든 뛰어가든
언젠가 겪을 일이다

눈물은 닦고
고개를 들자
상처는 아물어야지

주저앉은 시간이 아니오
지금의 경험이 훗날
꼭 필요한 약이 되니

부딪히고 부딪힌 자리는
남들에게 없는 두껍고 단단한
굳은살이 피어나리다

## 신의信義

OO아!
물이 끓는 것은 누구나 안다

허나 끓기까지는
지켜본 자만이 알기에

네 곁엔 항상 내가 있었고
지금 이 순간도 어제의 네가 아니다

끓을 날이 왔다
난 널 믿는다

# 수호침대守護寢臺

그대 내게 손을 내밀었다

괴로워 술독에 빠져 허우적대던 날
그대는 다독이며 추스르라 하고

연인과 뒹굴며 쾌락의 꽃을 피우던 날
훗날의 행복을 꿈꾸고 있노라면
잠의 향수를 그윽하게 뿌리던

피곤에 절여 몸뚱이가 내일은 없다며
환영의 지껄임에 시달리면
아무것도 들리지 않는 심연深淵으로 데려가길

가끔은 봄의 정령이 두 눈 감기어 초대할 때
어릴 적 넋이 들었던 자장가를 불러 주며
두 손 잡고 그 먼 곳까지 바래다주었던

꿈의 강에서 홀로 쪽배를 젓다 나락에 빠지길
어둠과 공포에 허우적댈 때
술사術師마냥 한걸음 달려와 자리에 눕히어
수면 위 소용돌이는 잠재우고
오늘의 멋진 해를 보게 하였다

그리고는 꿈꾸는 미래를 보여 주길
삐친 아이 어르는 것마냥
때가 되면 토닥이며 달랜 그대

제 곁에서 위로뿐 말이 없었다
허나 그대 손에 낫지 않은 병은 없었고
돋아나지 않은 새살은 없었다

구원과 희망, 편안함이 온몸에 스미기를
깨어나는 길에 그대만이 주는 선물

이런, 나는 오늘도
그대에게 뭣 하나 주지 못하였구나

꿈을 싣고 온 배는 저 멀리 내일을 실으러 간다
그대의 웃음은 널리 퍼지고
고마움은 마음속 고스란히 남아 산을 이룬다

그대 나를 업어 키웠다
아니, 아직 업어 키우고 있지

# 꿈을 마음에 품되

가고자 하는 길은 아니나
손수 돌을 옮겨야 할 일이 생기니

이 또한 뜻대로 되지 않으리오
늦게나마 도착하면 다행이라

때가 아닐 땐
다른 방도를 생각할 터

위태로움을 면해 볼까
소낙비를 피해 하늘을 치켜 본다

# 위대한 창과 방패

인생의 선택에 있어
옳고 그름은 없다

누가 뭐라든
내가 선택한 길이라

그때만큼은 머릿속
수만 가지 길을 그리고 지우다
바래다 못해 해진 생각에
잃게 되는 그들을 감내하리라
굳게 내린 마음이니

후회는 없다

여기서 후회를 말하는 건
일말의 양심마저 저버리는 일

어떤 비난과 화살도
그 선택을 뚫지 못한다

내가 내린 결정

그 순간만큼은

최고의 창이자 버금가는 방패였다

# 뒤안길

머리가 아플 대로 아프다
차디찬 폭포수를 맞아 볼까
어느 길을 택할까 서성인다

괴롭다 끝을 알면 욕심인지
뻥 뚫린 하늘은 넓디넓고
바다는 한가득 펼쳐졌건만

한 치도 안 되는 숨구멍은
일부러 막은 것도 아닌데
온종일 답답하고 어지럽구나

웃으며 걱정 말라는 그대
어딘가로 향하는 뒷모습이
이내 마음을 흩뜨려 놓네

# 개똥밭에 굴러도 이승이 낫다는데

개똥밭에 굴러도 이승이 낫다는데

다리 뻗을 거처는 있으나
마음 놓을 거처가 없구나

지는 해는 잠재우고
뜨는 달은 매달아야지

밀려드는 불안함은 밤을 잇고
치닫는 초조함은 밤을 잊는다

길 잃은 양이 시름의 골짜기에서 사자死者들 사이를
떠도는구나

이승을 떠도는 쓸데없는 몸뚱이가 나을까
구천을 떠도는 해봄 직한 내가 나을까

섣달그믐 운명을 던져 볼까
오늘도 초조히 답을 기다린다

## 아이야

풀잎 따다 허공에 뿌리며 까르르 돌건만
아이야 어깨에 짊어질 짐의 무게를 아느냐
장차 자라 힘은 굳세건만 부담은 커 가니
양을 헤아릴 즘 피었던 웃음은 어디로 갔나

# 고향이 돌무더기랬지

온실 가득
만개한 꽃들아 어디서 와 어인 연유緣由로
이리도 피었나 마주해 물으면
남몰래 들춰야 할 긍지인가
덮인 까닭을 짐짓 넘기려다

지붕 아래
때맞춰 흐르는 물줄기에 기력을 얻고
들이는 채광採光에 사념思念을 털고는
내리는 된서리를 관망하다
한가득 꽃을 피운 너희지만

온몸으로
홀연히 퍼붓는 장대비에 고갤 떨구고
작열하는 빛에 숨이 타들었던
떨어지는 강상降霜에 몸이 꺾인
한 송이 꽃을 피우고 싶어 한

누군가도 있었다 세상 밖에는

# 한 지붕 두 가족

책상 앞 날씨
먹구름 가득 우르르 쾅쾅 쏴아-
머릿속은 딴 나라 생각에 구만리 밖
몸뚱이는 바닥에 눌어붙으려 통제 밖
주인의 의지 따윈 왈왈 개가 짖냐
사면초가인가

대문 밖 날씨
햇살 사이 달리는 바람개비가 슈웅-
머릿속은 언덕 위에 펄럭이는 깃발을 꽂는다
하고자 하는 마음은 박차고 뛰어가니
몸이 뒷배를 봐준단다 손은 쫄래쫄래
이는 만사형통이렷다!

# 비행

비상하려 처마 위 눈부신 빛을 받으며 서 있다
동무들은 둥지 밖을 떠나 제법 그럴싸하게 날갯짓을 하였다
차가운 바람만이 두 뺨을 어루만지고 시린 눈물을 닦아 낸다
저마다 굴레를 벗어나 힘껏 날았건만
두려움과 좌절에 둘러싸여 벗어나지 못하고 둥지를 맴돌았다
온갖 비난과 화살은 허락도 없이 날아들었다

울타리 밖 걸음을 떼려는데
자유를 찾아 항해하려는데
제자리걸음, 좌표 없는 항해
등에 날개를 달아 하늘 높이 날려는데
둥지 밖 지르밟힌 꽃은 지금의 운명을 알았을까
떨어지는 눈물이 먼저 가니 그 소리 듣고 뒤를 이을까

그의 답이 궁금하다

# 내일을 기다리는 나에게

익으면 터지게 마련이다
서두르지 마라
섣부른 욕심이 되레 화를 부르고
그간의 기다림이 허사라
그간의 풍파도 참았건만 그깟 바람 한 점 못 견디겠나

고개는 숙이고 무릎은 꿇으니 맘껏 쓸고 가거라
비웃음도 좋고, 손가락질도 좋다
때를 기다린 자 꽃이 필 날을 묵묵히 기다릴 뿐
따귀를 한두 번 맞나
서리를 한두 번 맞나
뙤약볕이 하루 이틀인가
승리는 마지막 웃는 자의 것이니
그때가 원 없이 웃으리오
쏟아진 비난과 화살은 배倍가 되어 빛과 꽃으로 바뀌니

머지않았다

몸은 굽히고, 마음은 굳건히, 눈빛은 또렷이

뜨는 해를 기다려라

내일의 해는 내가 주인이니

지금껏 맛보지 못한 승리의 가락에 축배를 들어 맘껏 취하리

## 약조했습니다

「거부」란 단어를 삶에 싣지 않아
그들이 떠넘긴 짐을 온전히 품으로 받아들인
험난한 길을 마땅히 여긴 당신이기에

응당한 보상이 세월 앞에 맞건만
일말의 기쁨도 없이
판결문 앞에 침묵하는 죄인마냥 빛바래다
이젠 귀밑머리마저 희끗합니다

굴러가는 세상 재미난 구경에
침 묻히다 책장冊張을 겹쳐 지난 건지
잔칫날 술에 취해
꽃 따라 가락에 젖어 붓을 놓은 건지
아무렴, 인간사 관장管掌한다던 양반이랬나
정신을 똑바로 차려야 할 게 아닌가!

지나온 낯빛은 거두고 올라가는 입꼬리가 보일까

마음의 짐을 덜어 볼까

불나는 속내를 재우고

조용히 눈을 감아 봄에

하루에도 열두 번 쫓아가 먹을 틀어쥐려다

그렇지 못한 건

자식 복마저 없는 박복한 팔자라 불릴까


참고 꾹 참았습니다

장신구인 허울뿐인 머리가 그리 미웠지만

숨이 턱에 닿아 「더는 못 하겠습니다, 그만두려 합니다」

밥상 앞 고개를 숙이던 날

조용히 끄덕이며 「그래라, 그렇게 해라」 따독따독하던 날


약조했습니다

삐거덕거리다 굴러떨어진 달구지 바퀴마냥 살아온 삶이지만
할 수 있는 한 이 몸뚱이 당신 손발이 되어드리겠다
찬 바람 불어오면 깨어나는 아물지 않은 삶이지만
제 손에 낫지 않는 상처는 없게 하겠다
그리고 마지막 눈에 비치는 사람이 되겠다

밥상 아래 둘도 되고 셋도 되는 당신을 보며 하고 또 했습
니다

# 기로岐路

바라던 길을 가자니 숨이 턱 막혀

뒤돌아보니 지나온 자리는 지워진 지 오래

멈추려는데 고개를 차마 못 들어

다른 길을 가 볼까 날은 이미 저문지라

밤하늘에 비친 낯빛이 못내 부끄럽다

눈을 감아 봄에 가야 할 길은 어디인가 하노라

# 용서를 구하다

눈 떠 태어나 깃털이 적잖이 마른다 싶으면
장밋빛 훗날을 마음대로 그리다 뜻을 두고는
종점행 직행버스를 고르는 것마냥 운명을 정한다

그대 가야 할 길이 그대가 품는 마음일 거라 신은 일러 주
지 않았다
어릴 적 위대한 꿈이란
그저 귀동냥으로 세운 봄바람에 찢어질 꿈 많은 대문이기에
어쩌다 하나 이룬단들 제 발에 넘어질 일이 숱한지라
삶이란 인간은 차마 알 수 없는 신의 섭리로 감춰진 길

돌고 돌아 흔들리는 갈대의 부름에 부서질 그대가 남을 즈음
찾아온 빛에, 치솟는 환희에 뻥 뚫린 길을 쫓는 게 아닌
머리를 쾅! 친 듯 지난날 꼬인 물음에 깨달음이 온다면
헛된 삶은 아니라 신은 비로소 그대 가야 할 길을 열어 주
었다네

지나오며 좌절에 노여웠고 분노로 가득했지만

비로소 왜 그 먼 길을 돌아왔는지

뒤죽박죽 구렁텅이에서 고개와 진창을 왜 그토록 겪었는지

깨달았다면

그대는 온전한 삶을 산 거라

하늘을 우러러 한 점 부끄럼 없는 그대라

흘리는 눈물은 그대만의 깨달음이라

이제는 그 마음 안고 얼마 남지 않은 길

그 길 따라 차분히 가면 된다네

그대만은 뜻을 알았기에 지난 응어리는 풀고

흙먼지는 훌훌 털고 일어나 남은 길 가 보지 않겠나

이제는 부디 그를 용서하면 어떻겠나

# 흔들리는 그대에게

지금도 깃발은 펄럭인다
그대는 여전히 달리고 있는가


버티고 버티다 힘들여 온 길이니
숨이 턱에 닿아도 지나온 그대에게 미칠쏘냐
한 곳만 뚫으면 고비는 깨질지니
괴로워도 걸어왔던 길은 아니니
행여 뒤에서 부르거나 유혹하여도
마음을 품어서도 돌아서도 아니 되네
이는 지난날의 고통과 괴로움이 아물어 생긴 여유니
마음을 둬서도 아니 되고
이 길 가야겠다던, 마음먹었던
저 앞에 꽂힌 깃발을 잊지 말게
지금도 그 깃은 펄럭이며 뽑히길 그대 손을 기다리고 있네
흔들리지 말고 처음 뗐던 마음 계속 달리기를
온 힘을 다하여 달리는 그대 딴생각이 든다면
아직은 숨이 있는 여유요
그는 당당히 여기까지 온 이가 아니니
저 끝을 닿을 이가 아니오
닿겠다는 마음을 가져서도 안 되는 그대인지라

흔들리는 그대에게 보냅니다

## 특별히 잘하려 하기보단

힘들고 지치다 무엇 하나 붙잡기 어려울 땐 말이지
해왔던 일에 나 하나 정돈 거뜬히 끌고 갈 바윗돌을 묶어
그 무게를 따라 잠시 묵묵히 하자
가고자 하는 길에 장난삼아 시비 걸던 바람도
낚이지 않는 평온한 물결엔 재미가 없는 법이니
쓸데없는 낚시질에 가는 길을 잃지 말고
그러다 보면 이유 모를 감정의 낚시질도 흥미를 잃는다
걸린 바늘도 스스로 푸는 법을 알아야 가는 길에 장애가 없다
특별히 잘하려 하기보단

# 초대받지 않은 손님

실로 무언가를 저지른 건 아니다

그렇다고 날카로운 무언가를 본 것도 아니요 흉물스러운
형상을 본 것도 아니다

적막이 찾아오고 창밖은 깜깜해져 가는데, 그렇다고 때맞
춰 해야 할 일을 잊어버린 것도 아니다

조각난 퍼즐의 잃어버린 하나를 찾으려는 것도 아니고

답안을 끝냈다는 뿌듯함에 덮어 버린 시험지의 마지막 장
을 이제 본 것도 아니오

홀로 조용히 눈을 감고 지난날을 떠올림에 부끄러움이 있
는 것은 아니지만

아문 자리에 흉터는 가끔 떠오르는 과거일 뿐 지금의 두
려움은 아니다

어떤 일이 일어난 것도 아니지만 온몸을 휘감는 어떡해야
할지 모르는 초조함


그대는 초대받지 않은 잔인한 손님

잔인한 그대는 초대받지 않은 손님

떠나야 할 그대는 아직인가

부디!

# 오늘도 창밖은 고요합니다

깊은 밤이었습니다
주체할 수 없는 고통과 뒤섞인 번뇌의 소용돌이가 난투극
을 벌이다
말리려는 몸뚱이를 외딴 방에 가두고는 밤새 난장 토론
을 합니다
주먹은 성이 났으나 마지막 예의는 지키려나 봅니다

주인은 사랑방 손님인 양 팽개친 채
자정이면 간판까지 제멋대로 바꿔 버리고
출입문엔 「영업 마감」
목이 터져라 저마다 하고픈 말을 외쳐 댑니다
마주치지 않으려는 잘못된 못질은 좀먹은 옷마냥 자꾸 신
경 쓰이고
겪어 보지 못한 고뇌는 마지막 불씨마저 꺼트리려 비바람
을 불러오지만
곁방에 내몰린 주인은 꺼져 가는 횃불을 살리려
모진 밤, 하늘에 떠 있는 그대만은 알아줄 거라 간절함을
담아 밤새 달리었습니다

베갯잇에 또르르 농익은 사과가 우수수 떨어질 즘
하늘의 별 무리들이
4월 이른 새벽, 흩날린 꽃잎이 버무려 놓은 물안개를 타고 와
고삐 풀린 망아지들을 재우고 평화는 찾아왔습니다
동틀 녘이었습니다

오늘도 창밖은 고요합니다

세월 속에 덮인 지난날을
이제야 닦아 봅니다

# 자까예찬

그만둬야지
오늘은 그만둬야지
문 닫힌 사무실 앞을 서성이다
갑작스레 마주치는 말이라곤
「아닙니다」
아니긴 뭐가 아닌가
용기 없는 자

그만둬야지
아니, 정말이지만
발은 차마 향하지 못하고 매 멈췄다

환풍기 소리를 위로 삼아 구석에서 울며 홀로 다짐할 때도
한 줄기 바람에 눈물이 식으면
상처받은 마음 달래려 그대 향해 엄지는 움직였습니다

그대가 머리를 헤집고 헤집어 짜 놓은 고뇌를
난 울며 웃으며 쓱쓱, 거리낌 없이 쭉쭉 내렸습니다
어떤 미안함과 고마움도 없이
하루가 끝나기 전, 그대의 진통陣痛은 최고의 진통제鎭痛
劑였습니다

마지막 회가 아닌 다음 회까지 기다림이 긴 것뿐이라고
낯선 휘황찬란함은 없지만 기다린 살가움이 있었고
보여 주려는 치장은 없지만 진솔한 속내가 좋았습니다

어쩜 더디고 세상은 구렁텅이지만
일주일에 두 번 자정이 되면
설레는 마음 누를 길 없었고
설령 하루 종일 치이다 지쳐 잠이 들면
아침의 시작과 위안이 되던
못된 마음이지만 이 진탕에 같이 있는 것 같아 외롭지 않
았습니다

꾸밈없는 유쾌함과 조금은 세상살이에 물든 순수함으로
들추고 싶지 않은 속내마저 보여 준 그대여서
어쩜 타인과 부대껴야 하는 현실에
치이다 지친 나를 씻겼는지 모릅니다

한여름 더위에 씨름하며
나는 누구인가, 어디에 있나, 뭘 하고 있나
누굴 위한 건지 몇 번은 고민하고
늘 입에 머금은 탈출구 없는 대책뿐인 「그만두겠다」라는 말을
그대가 사르르 녹이었고
그렇게 나는 봄을 맞이하였습니다

상처는 남았지만
상처는 말해 줍니다
그대의 고뇌 덕에 누군가는 고통을 잊을 수 있었다고
그리고 행복을 찾았었다고

그대도 누군가의 위로가 필요할 거라 생각합니다
그 어딘가에서 기다리고 있을 누군가를 찾을 날이 온다면
때맞춰 선선한 바람이 자까님 가는 길에 불기를 기도하
겠습니다

그리고 서로의 마음이 전해질 즘
어딘가에서 또 다른 소식이 찾아올 거라 홀로 조용히 믿
어 보렵니다

2019. 3. 18.

오래전 꺼내려 한 말을 이제야 전합니다

# 촛불을 지키자

삼 대째 내려오는 성질머리


[祖父]

조부는 불 같았다

밥상에 빙 둘러앉아 숨죽이며 저녁을 뜨길
「파罷하고 공부는 했냐?」
다들 입을 떼지 못하고 밥숟갈이 멈췄다
침묵만이 답을 하길, 순간 그대로 뺨이 날아가고
밥상은 걷어차이고 방문은 쿵-

넷째는 딸꾹거리며
막내는 소리도 못 내며 울고
셋째는 뒤돌아 벽만 보고
둘째 손엔 이미 걸레가
첫째 얼굴엔 밥알 몇 점이 장식하고 끝이 난다
누군가는 역정 한 번 못 내고 부엌으로 나가 소매로 눈물
을 훔쳤다

그래도 마을 사람들과 부딪치는 법은 없었다

들은 건 여기까지다


[父親]


언제부터인진 모르지만 때때로 입을 열적이면

정신이 달아나도록 버럭 성을 내던 분이 계셨다


말씀은 없으셨지만 심기가 불편하셔서 그런 거라 생각한다

식구들은 움츠리길 눈 떠 태어나 지금껏 그래 왔다

육감만이 의지할 뿐 지나온 세월은 아무 쓸모가 없었다

어지간하면 면역도 생기련만

이 저주받은 몸뚱이는 적응을 못하고 매 움츠렸다


어렸을 적 밖에서 말썽이라도 일으키고 오는 날이면

가급적 심기를 건드리지 않으려

정신을 가다듬고 원고 스무 장을 머릿속에 적어

그날의 일진日辰을 살피다 조심스레 다가가 말을 꺼냈다

문학적 자질이 모자란 건지, 아님 때를 놓친 건지
해가 바뀌어도 이런 예행연습은 아무 소용이 없었다

첫 장이 채 넘어가기 전, 어김없이 세례가 퍼붓는다
총탄이 빗발치고 눈을 뜨지 못한다
제발이지 저 탄알이 다 떨어지길 바라나
끝도 없이 쏟아진다
여긴 어디인가, 정신이 혼미한들 내 사정이랴
이러다 자리서 흔적도 없이 숨이 끊겼다는 기사가 일면
에 날 것 같다
듣고 싶은 답이 아니라서인가
아님 앞에 마주하고 싶지 않은 이가 있어서인가
뉘우침의 낯빛은 세상을 나기도 전 어딘가에 묻히고 만
모양이다

「내가 뭐라더냐!」

「그러니까 내가 하라 했냐, 안 했냐!」

「너는 정신머리를 얻다 두고 다니냐!」

이 세 문장은 늘 선봉에서 우렁차게 달려와 제 몸을 날리
는 녀석들이다

진열해 놓으니 뭐 딱히 비뚤어진 애들 같진 않아 보이지만
돌이켜 보건대 원초적 잘못은 나에게 있었거니

당신 마음을 헤아리지 못한 탓이겠거니 생각한다

그나마 다행이었던 건 적어도 뺨은 때리지 않았다

나름 지난날 살아오며 스스로 맺은 조약이나 규약쯤인 것
같다


반백이 지난 지금 제법 세월도 드셨건만

바짝 마른 몸에 그 쩌렁쩌렁한 소리는 어디서 나오는지

이 저주받은 몸뚱이는 그건 물려받지 못했나 보다

아님 주눅 들어 어딘가 처박혀 나오지 못하고 숨만 쉬고
있는지 알 길은 없다

오늘은 식구들을 향해 뭔가 날아올 것 같은 날이다
굳이 심기를 확인할 필요는 없다
분위기가 싸하길 각자 제 살길을 찾아 흩어진다
어디로 튈지 모르는 불꽃을 굳이 모여 맞이하고 싶진 않
나 보다
마음이 통한 게다

북받친 분노의 출구가 여기인가 싶기도 하지만
한번 터지고 나면 화기火氣가 제법 사그라든다
그래서인지 밖에선 내가 모르는 평온의 빛이 있다

가끔은 빛바랜 명화名畫 같기도
그렇다고 취取하고 싶진 않다
정월 보름 누군가 술에 취醉해, 달빛에 취해
집어다 뒷산에 고이 묻어두길 바라는 마음이다

설령 욕심에 건넛마을 간난이네 개라도 그랬다면
더는 굴러다니는 뼈다귀나 물고 다니는 신세가 아닌
가마를 태워 휘날리는 도포에 꽃길을 밝게 하련다

밖에선 여유가 있어 아량雅量이 숨 쉬는 듯하다
집을 들어서면 이는 대체 어디로 사라지는지
아님 밖에다 고이 모셔 두고 오는지 그 또한 알 길은 없다

「성질을 죽여야 한다」
「그래서는 사회생활 못한다」
「한 번쯤 생각하고 말해야 한다」
「너그러운 마음으로 살아야 한다」
「모든 일은 좋게 좋게 풀어야 한다」 등등 대략 뽑아 보면
이 정도인데
가끔 기분 좋은 날이면
이 이상한 가사를 한데 모아 들려주곤 했다

한편으론 이런 노랫말에 착잡한 마음이 들다가도
기척이라도 들리면 순간 정신이 번쩍 든다, 아주 번쩍!


[저주받은 몸뚱이]

이 저주받은 육신은 밖에서 성질 한번 못 내고 조용히 다닌다
쫓아 드는 발길질은 피하고 날아드는 주먹은 비켜선다
그리곤 웃어넘긴다
-에잇, 이 사람아

나름 체면치레하자면
남들과 부딪치길 피하자는 주의나
궁극적인 이유는 태생이 얽히고설키는 걸 싫어한다
물론 집에서 잠자코 있다, 튀는 법은 없다

그래도 이 몸뚱이가 잘하는 게 하나 있다
선을 넘지 않는다
다만 그들 또한 넘지 않았으면 한다
누군가 넘은들 순간만 넘기면 되니
꼴은 좀 변변치 못하나 한 발짝 물러선다
믿거나 말거나 순탄한 길을 가는 자의 지침서라 여긴다

피하려는데 도가 지나칠 때가 있다

가는 말을 거하게 받으려, 오는 말이 거한가 싶기도 하다만

「자비란 없다」란 말을 보길 원하는 것 같다

과하니 사달이 난다

경계를 허무는 날엔 거꾸로 솟는 피가 육체를 지배하지 않

았으면 한다


날아오는 저 비수ヒ首가 하나씩 꽂혀 간다

피를 흘리지 않아서인지 정작 자신은 모르는 것 같다

죽은 혼령의 시체는 쌓여 산을 이뤘는데도

성에 차지 않는지 계속해서 날아든다


빠르면 일이 넌이나

보통은 한 삼사 년 걸리는 것 같다


쾅!


누군가 뇌관雷管을 당겼는지

시간이 되어 뇌간腦幹이 터졌는지 짐작만 할 뿐이다

며칠이 지나고 정신이 들면

주변이 성한 느낌은 아니다

어딘가 움푹 패었거나, 부서졌거나

수족手足 하나가 욱신거리거나

멍이 들었거나, 터져 있거나

딴엔 제법 나간다는 물건만은 온전한데

이는 형용할 수 없는 신의 기운이 온전히 보우하나 보다

-에라, 이

그럴 능력이 없는 건 와중에 아나 보다


코 흘릴 적엔 매 폭발 쥐어 터졌다

저항할 힘이 없었다

이젠 제법 앞발에 힘이 있다만

분에 못 이기는 자신을 탓하며

문을 닫곤 일생을 침묵으로 일관하는 벽에

혹여 오늘은 다를까 답을 내놓으라 한다

두드리는 자에게는 열린다 했나

쿵-

쿵-

쿵-

......

초지일관인가, 지난날의 대갚음인가
뭐 더는 모자랄 것도 없는 머리다
나가는 문만 있고 들어오는 문은 없는 빌어먹을 허울뿐
인 장신구다

오늘도 책상 위 촛불이 날아드는 바람에 꺼지고 만다
이 내려오는 저주를 끊을까
아님 윗대가 못 풀었으니
나라도 이 썩은 몸뚱이의 저주를 풀어 볼까

촛불을 다시 켜는 일도 매 부끄럽다
무슨 업業을 지었나
부처 앞에 가서 시주施主라도 할까
교회 가서 헌금이라도 할까
주머니에는 부스러기도 없다
마음이라도 드릴까
다 부질없다
그래도 그럴 정성이면

스스로 바람 앞에 촛불을 지키려 한다
꺼지지 않고 눈을 감는다면 성공한 삶이라 생각한다
펜을 드는 일이 없길 바라며
다시 한번 간절함으로 촛불을 켠다


[추록]


어매는 살아오며 눈앞에 놓인 짐이 많든 건지
많아 보인 건지 홀로 신경 쓰는 일이 많았다
자의든 타의든


미리 준비가 되어 있으면 걱정할 것이 없다느니
뭐 그런 좋은 말이 있지만
미리 준비하다 쌓여 가는 근심이 과하면 사서 걱정이요
스스로 심신을 지치게 하는지라
하루 근심을 굳이 며칠 치로 불려 만들 필요는 없을 것 같다
주머니에 담기는 것만 거두고 나머진 바람에 맡기어 잊으
면 좋으련만

아무래도 넘치는 근심을 당신 평생 못 버린 듯싶다
이 또한 가끔씩 나의 뇌관을 조여 왔으나
그나마 넘길 수 있는 일이라 그러려니 하였다

하루는 침상에서 내 두 손을 꼭 잡았다
걱정 말라며 괜찮다 숙인 머리를 쓰다듬었지만
고개를 들었을 땐
무언가 혼자만의 준비를 한 듯한 담담한 표정과
성화聖畵 속 온화한 얼굴이 교차하였다
허락도 없이 떨어진 눈물이 앞을 가려 잘못 본 거라
지금은 그렇게 회상한다

시간이 지나 몇몇이 끌고는 어디론가 사라졌고
뒤따라간 곳엔 다음의 글자만이 빨갛게 막아섰다
「수 술 중」

꼬박 하루가 지나고 나서야
조금이나마 떠진 눈을 볼 수 있었다
아직은 세상의 빛을 담을 때라는 그쪽 세계의 답이었다
누군가 극도의 간절함을 신이 그냥 두진 않았던 모양이다

아마 하루하루 불어나는 근심이 쌓여 간 것과
심장 조일 듯 매 날아오는 넋 달아나는 소리에
제 병을 키우다 여기까지 온 것 같다

여기에 확신하는 한 가지 이유를 덧붙여도 될 듯싶으나
지금 꺼내기엔 서로의 상처가 아물지 않은 듯하다


[맺음]


나중 이 글이 시골집에서 떼거든 불쏘시개로 쓰려 했으나
어느 해 겨울이 지나고는 마음을 고쳤다
이제는 먼지 속 파묻혀 있던 지나온 날들이 부끄럽지 않기에
훗날 자식이 나거든 이 글을 보여 주련다

## 하고픈 속내

언제고 이 글이 세상에 나면 같이하려는 이가 있었으나
병신년丙申年이 지나고는 방법을 조금 바꿔야 했다
정성껏 예를 갖춰 한 권을 태워 보내 그대에게 닿을 거라 믿고

밤이 깊도록 얘기를 나눴던
구렁에서 끈을 놓지 않았던
절망을 희망으로 바꾸었던
같은 하늘 아래 훗날을 꿈꿨던

때론 동무로서 험한 길을 마다하지 않았던
풍파 속 범인凡人이 가야 할 길을 알려 준
세속의 티끌에 한 점 흔들림 없던
온 마음을 다해 존경한다는 말이 아깝지 않았던

그대에게 이 글을 바칩니다

「숨이 다하기 전 몇 글자 기억해서 가리다

못다 한 얘기 나누다 뜨는 해를 같이하려

조금만 기다려 주려나

내 시계를 빨리 감아 보리다, 기다림이 지치지 않도록

밤하늘에 붓을 들어 그대 있을 법한 자릴 그릴 테니 적적

할 때 오게나

기다림세, 그날까지」


'고개를 들지 못하겠구나, 곁을 못 지킨 탓이라

그저 붙어 있는 숨이 원망스러워

그간의 업이 천근만근이라

핑계 아닌 핑계를 대며 그날만을 기다린다

운명의 때가 맞닿을 날 그곳에서 보자꾸나

기다리마, 그곳에서'


-괴롭다 못해 평온한 어느 날-

시, 여미다060

# 밤하늘에 비친 낮빛이 못내 부끄럽습니다

| | |
|---|---|
| 초판 1쇄 인쇄 | 2024년 5월 7일 |
| 초판 1쇄 발행 | 2024년 5월 24일 |

| | |
|---|---|
| 지은이 | 김병국 |
| 펴낸이 | 이장우 |
| 책임편집 | 송세아 |
| 디자인 | theambitious factory |
| 편집 제작 | 안소라 김소은 |
| 관리 | 김한다 한주연 |
| 인쇄 | KUMBI PNP |
| 펴낸곳 | 도서출판 꿈공장플러스 |
| 출판등록 | 제 406-2017-000160호 |
| 주소 | 서울시 성북구 보국문로 16가길 43-20  꿈공장 1층 |
| 이메일 | ceo@dreambooks.kr |
| 홈페이지 | www.dreambooks.kr |
| 인스타그램 | @dreambooks.ceo |
| 전화번호 | 02-6012-2734 |
| 팩스 | 031-624-4527 |

\* 저자 고유의 '글맛'을 위해 맞춤법 및 표현 등은 저자의 스타일을 따릅니다.

| | |
|---|---|
| ISBN | 979-11-92134-71-0 |
| 정가 | 13,500원 |